KB122710

휠체어의 비명

개미

2014 장애인 창작집 발간지원 사업 선정 작품집

휠체어의 비명

1쇄 발행일 | 2014년 12월 20일

지은이 | 위수연
펴낸이 | 정화숙
펴낸곳 | 개미

출판등록 | 제313-2001-61호 1992. 2. 18
주소 | (121-736) 서울시 마포구 마포대로 12 한신빌딩 B-109호
전화 | (02)704-2546, 704-2235
팩스 | (02)714-2365
E-mail | lily12140@hanmail.net

ⓒ 위수연, 2014
ISBN 978-89-94459-48-6 03810

값 10,000원

주최 | 대한민국 장애인 창작집필실
주관 | 장애인인식개선오늘(고유번호 305-80-25363. 대표 박재홍)
심사 | 발간지원 사업 심사위원회
후원 | 대전광역시, 대전문화재단, 계간 문학마당

휠체어의 비명

위수연

우리나라 최초의 장애인문학예술 전용공간인 대한민국장애인창작집필실에서 주최하고 장애인인식개선오늘에서 주관한 2014 장애인창작집 발간지원사업에 많은 분들이 관심을 기울여 주셨습니다. 이분들의 관심이 없었다면 이번에는 정말 힘들 뻔했습니다. 이 집필실의 공간 지원금을 회수하겠다는 가슴아픈 소식이 들려왔기 때문입니다.

2013년 이 사업으로 총 7권의 시집을 가졌습니다. 시집을 받아들고 기뻐하던 시인들의 얼굴이 눈에 선합니다. 이 중 두 권 시집(공다원, 박재홍 시집)은 2014년 세종도서 문학나눔 우수도서로 선정되기도 했습니다. 그 전해 선정돼 출간된 시집들도 다수 여러 유형의 창작기금과 문학상을 수상했습니다.

앞으로 더 많은 관심과 격려가 필요합니다. 그래야 우리는 더 좋은 성과를 낼 수 있고, 이런 성과가 결국 장애인에게 꿈과 희망을 안겨주는 일이 됩니다. 그럼에도 문화융성 강국을 외치는 이 나라에서 우리가 가진 조그만 창작공간마저도 더 이상 내주지 않을 거라고 합니다.

　그래도 이번 선정된 시집들을 보면서 다시금 용기를 가져봅니다.

　어려운 중에도 대한민국장애인창작집필실의 창작집 발간사업을 지원해 주신 대전광역시 권선택 시장님의 배려에 깊이 감사드립니다.

2014년 12월
대한민국장애인창작집필실 운영단체 장애인인식개선오늘
대표 박재홍

대한민국 장애인 창작집필실에서 주최하고 장애인인식개선오늘에서 주관한 2014 장애인창작집 발간지원사업에 많은 분들이 관심을 기울여주셨다. 소외된 자리에서 자신의 내면에서 우러나오는 말에 스스로 귀 기울인 사람들이 그만큼 많았다는 뜻이다. 그리고 그 말들은 절절하고, 절절한 만큼 아름다웠다.

이미 많은 이가 애송하는 「내 인생에 황혼이 들면」의 김준엽, 진솔한 감성을 쉽고 단아한 언어로 형상화하는 위수연의 「휠체어의 비명」, 한줌 햇살 여린 나뭇잎 하나의 의미도 놓치지 않는 「서산에 해지는 한순간」의 이민행, 그리고 「슬픈 순례」로 기나긴 삶의 그늘을 걷고 있는 많은 시의 발걸음들……

이들의 시를 널리 알려 온 세상 사람들에게 전달해야 한다는 우리의 사명감이 어느 때보다 높았다. 이들의 한 편 한 편 시가 편견의 미몽에 젖은 세태를 정화하는 청아한 목소리가 되어 우리 주변에 맴돌게 되기를 기대한다.

— 심사위원회

나는 몸의 장애가 심하고 자주 아파서 학교를 중퇴했다
초등학교 졸업장도 없는 나, 사람들 앞에서 공연히 작아진다

그러던 어느 날 햇빛 같은 반가운 검정고시 소식

단비 같은 소식으로 나는 활기차게 고시를 준비하고
당당히 중입과 고입 합격증을
연이어 받았다

나는 할 수 있다는 자신을 얻었다 이제는
대입 검정고시를 준비해야겠다

— 시 「검정고시」 전문

하루 삼시세끼 밥을 챙겨먹고 그저 오늘도
건강하게 하루를
마칠 수 있음에 감사하는 것이 다인 줄 알았다
덧없이 긴 시간들

어느 날 문득 귀인을 만나
공부에 대한 갈망과 작가가 되고자 하는
작은 불씨가 지펴졌다

모든 생활을 남에게 의지하여 사는 사람이
힘들지 않겠냐고 걱정스런
주변의 시선들이 따갑다

그러나 어렵게 지펴진 불씨를 살려
활활 타오를 수 있도록
내 마음을 다지고 앞만 보고 가리라
희망의 꿈을 꾸는 동안 난 행복하다

— 시 「꿈」 전문

나는 뇌병변 1급 중증장애인으로 대한민국장애인창작
집필실을 통해 발굴되어 첫 시집『엄마』를 발표하고 꿈
이 생겼습니다. 그리고 2년을 어떻게 살았는지 모르게
열심히 살았고, 지금은 두 번째 시집『휠체어의 비명』으
로 새롭게 태어났습니다. 그동안 살아온 족적은 위 두 편
의 시를 소개함으로써 가름할까 합니다. 심사해 선정해
주신 심사위원님, 그리고 전문예술단체 장애인인식개선
오늘 박재홍 대표님께 감사드립니다.

2014년 12월
위수연

휠체어의 비명
차례

죽음

엊그제 사랑하는 동생이 세상을 등졌다 꽃다운 나이
햇빛에 그을린 꽃처럼 갑자기 사그라들더니
아예 세상을 접었다

가뭄 끝에 비가 내린다 목말라 하는 대지를
흠뻑 적셔주고 추적추적 끊임없이
무언가를 그리는 듯한 비다

눈물 같은 빗물

나는 생각한다 물이 쉬지 않고 하늘에서 내리는 이유
죽은 사람들의 영혼이 떠돌며 흘리는 새의 눈물 때문
인가

우지마라
우지마라

이제는 머무는 곳 좋은 데서 편히 쉬게 해달라고
신께 부탁을 한다

휠체어의 비명

아!

으!

욱!

외마디 질러 대는 휠체어의 비명 소리
주인의 몸에 힘이 들어갈 때마다
오늘, 처절한 몸부림이 일어난다

비뚤어진 왼쪽 골반을 움직일 때마다
살이 찢어지는 듯 울부짖는 소리가 들린다

오늘도 외마디 소리를 지르다 지친
휠체어, 나와 같은 너의 모습과
희생에 감사를 보낸다

운동 선생님

너무합니다 선생님, 나한테 운동을 왜 하라고 하시는
거예요
어차피 이렇게 태어난 몸 그럭저럭 살다가
하늘에서 부르시면 그냥 가면 될 것을

얼마나 좋아진다고. 그러나 선생님
약속은 약속이기 때문에
열심히 하렵니다
사랑하는 사람들에게 걱정 대신
기쁨을 만들어 줄 수도 있으니까요

여름 노래

나무 안의 매미가 시끌시끌하게 사랑 노래를 부른다
긴 세월 준비하여 십여 일의 짧은 생
온몸으로 노래하게 하는 계절

땅들은 열심히 키워낸다 곡식과 과일들을
이름 모를 야생화까지도 키워낸다

바람은 부지런히 흥을 돋우고 여름의 신나는 댄스는
가을을 부르며 노래한다

봄바람 2

봄바람이 솔솔솔 불어오네 마음도 따뜻해지네
시골 농부 아저씨가 바쁘게 움직이기 시작하고
뜰앞에 병아리들은 삐약삐약 노래 부르고
마당 한 켠 채송화 꽃은 활짝 미소지으며
멀리 개나리꽃 위로 아지랑이가 피어오른다

외사랑

다시는 사랑을 않으리라 맹세하고 또 맹세한다
한 번만 또다시 한 번만 하며 사랑에 빠졌지만
외사랑의 끝은 길고 긴 외로움 뿐이다
이 마약 같은 사랑은
언제 또 재발할지 모르겠다

손가락

손가락이 부러졌나, 메일을 보낸 지 언제인데
한 달이 다 되어가도록 답장이 없다

늘 바쁘다는 말을 입에 달고 사는 사람이
오늘도 핑계만 찾는가 보다
꼭 답장하겠다는 약속이나
하지 말지

내 자신 한심해

내가 한심하다 매일매일 오지 않는 메일을 확인한다
기다리고 기다리는 마음이 처량하다
그러나 나는 오지 않는 답장을 기다리며
그 사람에 대한 생각 잊을 수가 없다

애기

애기처럼 울고 싶다 아무데서나, 울고 싶으면 울고
또 웃고 싶을 때 주위 눈치 보지 않고
마구 웃을 수 있는 애기가 되고 싶다

바람의 노래

사그락사그락 움츠린 땅속의 씨앗을
싹 틔우는 생명의 바람 해바라기꽃을 활활 타오르게
작열하는 햇살을 몰고 오는
뜨거운 바람

어느덧 그 바람이 가을 들녘을 노랗게 물들였네
나무들마다 형형색색의 옷을 입히고
낙엽들의 춤잔치를 여는데
조만간 하이얀 눈도 불러오겠지

바람아, 너는 위대한 자연의
마술사로구나

나도 여자랍니다

아침에 일어나면 곱게 화장을 하고
드라이로 긴 생머리를 만들며 매니큐어를 손톱에 예쁘
게 바르고
번쩍이는 귀고리를 달아 꾸미고 싶다

그리고 굽 높은 하이힐을 신고
남자친구와 다정히 어께동무를 하고
걷고 싶습니다

많은 사람들이 오고 가는 거리를 거닐며
사람들의 부러운 시선을 받고 싶습니다
그렇게 당당하게 걸어가는 모습을 그려보는
나도 여자랍니다

하얀 종이

    하얀 도화지 위에 빨간색, 노란색, 파랑색 등 색을 칠
하면
    칠할수록 검게 변해 가는 도화지
    왜 그럴까?

    어우러진 색들이 조화를 이루어 아름다워야 할 터인데
    덧입히면 덧입힐수록 자꾸만 어둡게 변해 간다

    마치 거짓말에 거짓을 보태는 사람들처럼

아름다운 추억

한 달에 한 번 만나기로 하여 마음을 설레며 만났던 사람
꽃이 피는 계절에는 만개한 복사꽃처럼 환하게 웃으며
얘기를 나누고, 더운 여름밤이면
시원한 극장에서 우리는 영화를 봤었지

하늘이 파랗게 높아진 가을
스마트 폰에서 울려나오는 귀에 익숙한
노래를 함께 듣고
차가운 바람이 부는 만인산
휴양림의 따뜻한 모닥불 앞에서
시린 마음을 달랬었지

이제는 모두가 지나간
기억 저편 추억의 그림자 되어 남아 있네

세월이 가면

세월이 가면 잊혀지겠지
내 생각과 내 맘속에
온통 하나 가득 채웠던
아름다운 기억들

날마다 빈 웃음으로
껍데기만 뒤집어 쓴 것 같은
날들이다

그러나 한파 속에 아롱아롱 핀 눈꽃처럼
시린 마음속에 그대는
추억의 꽃으로 피리라

공중전화

처음으로 언니들과 강원도 여행을 떠났을 때
여행의 기쁨 중간중간 엄마의 목소리가 듣고 싶었다
그때는 핸드폰이 흔하지 않아서
파란 사각형 속에 있는 공중전화를 찾기 일쑤였다

어렵사리 찾은 공중전화 속에서 들려오는
가냘픈 엄마의 목소리

"엄마! 나야, 뭐했어?"
"잠잤지. 막내딸 잘 다니냐? 다리는 안아퍼? 언니들은
잘 해줘? 밥은 꼬박꼬박 챙겨 먹고 다녀라"
지금은 하늘나라에 계신
오랜 지병으로 고생했던 엄마의 목소리가
아직도 귓가에 윙윙윙 맴돈다
다시 공중전화 걸면 그곳에서도 받으실까

빙하 속에 갇힌 내 마음

언제부터인가 마음이 차갑게 변해버렸다
작열하는 태양처럼 뜨거웠던 내 마음이
한순간에 얼음덩이로 바뀌었다

오랜 동안 내 가슴속을 아침 햇살처럼 비추던
한 사람을 떠나보내고 마음의 문이
닫히기 시작했다

방안에서도 혹은 사람들이 많은 거리에서도
혼자인 듯 텅 빈 세상처럼 느껴진다

닫힌 마음속에 찬바람만이 윙윙거린다
나는 기다리고 싶다 내 마음속의
또 다른 봄날을

커피 향

아침이면 피어나는 향긋한 커피 향, 아침 청소를 끝낸 선생님들이
  습관처럼 마시는 커피 아직 마셔 본 일은 없지만
  향기가 미각을 두드린다

비 오는 날, 눈 오는 날 그리고 그리운 사람이 생각날 때
공연스레 마시고 싶은 커피 나도 어느 사이 그 향기에
중독이 되었나 보다

동물

남자와 여자가 만나 죽을 듯이 사랑하고
예쁜 아기를 낳는다

알콩달콩에서 아웅다웅 싸움으로 변하여 헤어지고
또다시 사랑을 찾아 헤매인다 짝짓기만을 하는
동물들처럼

도망가고 싶은 마음

초등학교 저학년까지가 학력의 전부인 내가
요즘 중학교 입학 검정고시를 준비하고 있다

열심히 해서 합격증을 따고 싶은 마음은 굴뚝같은데
준비과정이 여의치 않다

이해 안 되는 수학 까다로운 과학
정말 이해하기 힘든 과목들
오늘도 내가 좋아하는 과목만 열심히 하고
나머지는 땡치고 도망가고 싶다

Ⅱ

대나무

추워도 더워도 언제나 변함없는 대나무
큰 바람 작은 바람에도 흔들림 없이
곧은 대나무

대나무야 너의 용기와 푸름이
훌륭하다

뜨거운 마음

한동안 잃어버렸었지 하나님에 대한 나의 마음을
말을 앞세운 거룩한 신앙인들로 인해
언제적인지도 모르게 하나님의 사랑을
잃어버렸었다

어느 날 짧은 여행의 끝 무렵
잠시 들렀던 성당의 마리아상 앞에서
왠지 모를 뜨거운 마음에 스스로도 놀랐다

"하나님
이 마음 영원히 변하지 않고
활활 타오르게 도와 주세요"

이용

나에게는 좋아하는 남자가 있다 그 남자는 나에게 굳이
선생님이라고 강조하고 나의 뇌리에 그렇게 심으려 한다
그러나 그러면 그럴수록 이성으로 느껴진다

언젠가부터 한 달에 한 번 만나기로 한 날에
나의 바로 위에 언니를 꼭 함께 만나려한다
마치 넓은 마음으로 안쓰러워 챙기듯이

그러나 나는 안다 나를 만나는 척하며
언니를 만나고 싶어 한다는 것을
왠지 배신감이 든다
언젠가는 자연스럽게
하나님이 정리해 주시면 좋겠다

암탉

한 마리의 병아리를 깨우기 위해
말없이 깊은 사랑으로
알을 품고 있는 암탉

슬픔도 기쁨도 혼자 삭이며
알을 부화시키려
애쓰는 어미 닭

그 숭고한 사랑이
아름다워

이 세상 공짜 없네

길을 가다 돈을 주우면 횡재한 듯싶으나
그것은 내 것이 아닌 것을
억지로 챙기면 꼭 토해내거나 대가를
치르게 하는 세상의 법칙

아픈 만큼 성숙해지고 고생 끝에 낙이 오고
겨울 뒤에 봄이 오듯 모든 것은 서로 주고
받듯 원인 없는 결과는 없다

메아리

메아리야 너는 왜 똑같이 나를 흉내내니

내가 '야' 하고 소리지르면
너도 '야' 하고
내가 '사랑해' 하면
너도 '사랑해' 라고 답하지

너의 놀라운 반사능력으로 아기 천사들의 고운 마음을
온 세상에 뿌려주지 않겠니

독백

"행복아! 너는 왜 그래? 내가 너를 잡으려 하면
자꾸자꾸 도망가는데 그러지 마
내가 슬프잖아."

"모래알처럼 손가락 사이사이로
빠져나가는 행복아.
도망가는 너로 인해 내 마음이 아프다
언젠가는 꼭 너를
다시 찾을 거야."

마음아! 마음아!

마음아 마음아 내 마음아!
너무 슬퍼하지 마
비록 나를 외면하고 모른 척하며
돌아서는 그 사람 모습에
눈물 흘리지 마

마음아 마음아
시간이 흐르고 또 하얀 벚꽃이 피고지면
새로운 계절 따라 사랑은 다시 올거야

그때, 우리 환하게 미소지으며
기쁘게 웃자꾸나

멍게

멍게야 멍게야 너는 뭐니
쌉쌀하고 쓴맛도 나며
달콤한 맛이 나는
너는 정말 뭐니?

인생살이 이 맛인가?

합격

중입 검정고시를 치르고 날마다 가슴이 쿵쾅쿵쾅 북을
친다
학교에 출석만 해도 받는 초등학교 졸업장을
나는 아직까지도 없다 합격일까? 불합격일까?

대필대독을 해 준 시험관 선생님들이
나의 말을 다 알아들었을까
나는 간절히 바란다
합격의 기쁨을 만끽할 수 있기를

장작불

어릴 적 시골집 아궁이에 엄마가 장작으로 불을 지펴
주셨다
그러면 서서히 뎁혀 오던 온돌바닥
엉덩이가 데일 정도로 달구어지는
방바닥에서 꾸벅꾸벅 졸기도 했었지
장작불이 타고 남은 잿속에
고구마도 구워 주셨지 장작불처럼
너로 인해 나의 추억마저 따뜻하다

펑펑 내리는 하얀 눈

12월이 시작되자마자 하늘이 바뀌었다

매서운 바람과 함께 하늘에서
하얀 가루를 내뿜는다

가루가 뭉쳐 하얀 눈송이로
온 세상을 덮어버린다

내 마음속에 벌써부터 먼저 오신
산타할아버지가 껄껄 웃으시며
달려오실 것 같다

펑펑 내리는 하얀 눈 세상은
내가 마음대로 세상을 그릴 수 있는
하얀 도화지다

세월호

난리났다 뉴스 속에서 들려오는 유람선 침몰사고

연이어 들리는 수많은 학생들의 사망소식
우울하다

아이들의 생명을 앗아간 세월호처럼
낡고 고장난 우리 일상들은
언제 침몰할지도 모르겠다

커피 처음 마신 날

남들은 물처럼 마시는 커피를 난생처음 마셨다

한약처럼 쓴맛이 혀를 찌르고
부드러운 단맛이 쓴맛을 덮는
오묘한 맛, 맛있다

인생의 맛과 닮았다는 커피의 맛 따라
이제 종종 마셔봐야지 그때마다
달라지겠지

이불 속에 쏙 들어가고 싶다

엄마 품이 그리울 때 찬바람이 몸을 움츠리게 할 때
할 수 있는 것보다 없는 게
더 많아 속상할 때

나는 따뜻하게 데워진 이불 속에
쏙 들어가고 싶다

성탄절

성냥팔이 소녀가 생각나고 구두쇠 영감 스쿠루지가 떠
오르면
성탄절 시즌이다 거리에는 캐롤이 울리고
아이들의 웃음 속에는 행복이 묻어난다

작은 예수님의 탄신일이 우리 모두의 마음을 변화시키는
놀라운 마법의 날 아이들이 하는 말
"성 · 탄 · 절"

검정고시

나는 몸의 장애가 심하고 자주 아파서 학교를 중퇴했다
초등학교 졸업장도 없는 나 사람들 앞에서 공연히 작
아진다

그러던 어느 날 햇빛 같은 반가운 검정고시 소식

단비 같은 소식으로 나는 활기차게 고시를 준비하고
당당히 중입과 고입 합격증을
연이어 받았다

나는 할 수 있다는 자신을 얻었다 이제는
대입 검정고시를 준비해야겠다

빗소리

오랜만에 비가 온다 떨어지는 빗소리가 정겹다
비만 오면 구질구질하고 우울한 것 같아 싫었는데
이제는 나이를 먹는가 보다

빗소리가 좋다 빗물 따라 흐르는
물들의 연주가
아름답게 느껴진다

통영 앞바다에서

언니의 휴가일에 맞춰 찾은 통영의 바다
눈앞에 펼쳐진 바다와 하얀 파도가 반긴다

예쁘게 꾸며진 산책로를 따라
바다를 만나며
하염없이 걷고 싶은 마음이다

그러나 일몰과 함께 숙소로 가기 위한
바쁜 걸음으로 돌아서는 발걸음이 아쉽다

깊고 넓은 바다를 향해 뒤를 돌아보는 파도처럼
뒤를 돌아보며
뜻없이 "사랑해"라고 외쳐본다

멋있는 사람

내게는 멋있는 사람이 있다 나를 위해 유머와 개그를
아끼지 않고
마음을 나눠주는 분 사랑의 마음이 말과 행동 속에 묻
어나는
나의 활동보조 김 선생님 삶의 그윽한 향기가 묻어나는
멋있는 사람이 곁에 있어 행복하다

Ⅲ

한 번쯤은

한 번쯤은 나도 일어나 걷고 싶다
한 번쯤은 나도 멋진 남자와
데이트도 하고

한 번쯤은 내가 가고 싶은 곳을
마음껏 여행해 보고 싶다

그러나 한 번쯤의 일들이 현실이 되어 버린다면
돌아오지 않을 나의 마음을 아시는
신께서는 허락지 않으시겠지

청국장

나이가 드는가보다 어릴 적에는 냄새가 싫어서
거들떠보지도 않던 청국장이
단어만 들어도 반갑다

보글보글 끓는 청국장과 따뜻한 밥 한 술

생각만으로도 배부르고 건강해 지는 느낌이다

문득 청국장처럼 정겨운 사람으로 사람들에게
나도 기억되었으면 하는 바람을 가져본다

아침 향연

아침에 현관문을 열면 철쭉나무 사이 거미줄에 걸린
이슬방울이 햇빛을 받아 반짝인다

그 아래에 보랏빛 나팔꽃이 활짝피어 춤을 추고
종종 들리는 새의 노랫소리

도심 한가운데서 맞는 싱그러운 아침의 향연 속에
나도 힘차게
하루를 시작한다

나만의 불꽃놀이

바다에 오면 꼭 해보고 싶었다 폭죽과 불꽃놀이
위험하다 말리는 만류를 물리치고
불꽃놀이만 하기로 하였다

불을 붙인 폭죽이 예쁜 불꽃을 일으키며
자신의 몸을 태우며 아름다움을 만들어 낸다

하나 둘 불꽃을 내뿜는 폭죽들이 마치 젊은 별 같다
반짝반짝 비추는 모습으로 즐거움을 주는 폭죽

나의 마음도 폭죽 따라 너울춤을 춘다

나의 위치

나는 늘 남으로부터 보호를 받는다 부모님과 언니
그리고 활동보조 선생님
더러는 나를 보면 불쌍하다고 혀를 찬다

아무것도 할 수 없으니 딱하다고
더러는 내가 웃어주면 행복한 마음이 든다고 한다
항상 밝은 모습이 좋다고

비록 육체적으로는 아무것도 할 수 없으나
신께서 나에게 미소를 주셔서
나의 미소를 통해 위로를 받는
사람이 있게 하셨다

나는 사람들에게 덕이 되고
희망이 되는 사람이 되고 싶다

걱정

사람들이 이상하다 걱정덩어리들이다
이 걱정 저 걱정 일어나지 않는 미래의 일까지
앞당겨 걱정한다

왜 그럴까

내일 일은 내일 걱정하고 오늘의 일들만 생각해도
바쁘지 않나

그리고 오늘의 걱정도 하나님께 맡기면
다 해결될 텐데

양파

양파의 껍질을 벗길 땐 매운 기운이 올라와 눈물이 난다
벗겨도 벗겨도 새하얀 속살만 내놓는 양파
음식의 재료로 익히면 단맛이 나는 양파
시원하고 달달하고 그리고 맵다

양파는 우리 인생과 비슷하다
알 수 없는 그 속처럼
삶이 양파의 껍질을 벗기듯 하나씩
새로우면서 달고 쓰고 매운 것이
꼭 닮았다

꿈

하루 삼시세끼 밥을 챙겨먹고 그저 오늘도
건강하게 하루를
마칠 수 있음에 감사하는 것이 다인 줄 알았다
덧없이 긴 시간들

어느 날 문득 귀인을 만나
공부에 대한 갈망과 작가가 되고자 하는
작은 불씨가 지펴졌다

모든 생활을 남에게 의지하여 사는 사람이
힘들지 않겠냐고 걱정스런
주변의 시선들이 따갑다

그러나 어렵게 지펴진 불씨를 살려
활활 타오를 수 있도록
내 마음을 다지고 앞만 보고 가리라
희망의 꿈을 꾸는 동안
난 행복하다

그림자

빛이 있고 물체가 있으면 어김없이 생기는 그림자
물체의 형체에 따라 그림자의 모습이 바뀌고
크기도 달라진다

나에게는 커다란 그림자가 하나 있다
내가 필요로 할 때 또 보고 싶거나 무언가 갖고 싶을 때
어김없이 사랑의 그림자로 다가와 채워주고 부어주는
아저씨가 있다

아저씨는 부족한 나의 생활을 행복으로 메우는
행복의 그림자 키다리 아저씨

고슴도치

온몸을 가시로 덮고 있는 작은 덩치의 고슴도치
비록 작은 몸이지만 자식에 대한 사랑은
여느 동물과 다름없이 한없이 크고 넓다

자식이 위험에 처하면 불같이 달려들어 구하고
눈앞에 두고도 애지중지 살핀다
바람 불면 날아갈까 아플세라
감싸안는다

열 손가락 물어 아프지 않는 손가락이 없다 하는
우리네 부모 같은 고슴도치의
자녀에 대한 사랑은 한없이 넓고 깊어라

얼마나 좋을까

파아란 하늘 위는 얼마나 좋을까

그곳엔 언제나 바람이 춤을 추고
꽃들의 노래가 끊이지 않겠지

천사들은 행복하게 미소 띠며
웃고 있을 거야

하늘의 주인이신 하나님은
이 모두를 바라보며
얼마나 좋으실까

하나님은 알람시계

아직은 모두가 잠든 이른 새벽 다섯 시
어김없이 나의 단잠을 깨우는
생리현상으로 눈을 떠
하나님과의 대화를 시작한다

어느 날은 더 자고 싶고 어느 날은 몸으로 깨우는
증상을 무시하고도 싶었다
그러나 날마다 같은 시각에 어쩔 수 없는
무언의 힘으로 잠이 깨어
오늘도 나는 조용히 기도를 올린다

노인

노인들은 아기와 닮았다 서운하면 바로 토라지고
다니던 길도 잘 모르고 먹는 욕심도 많으시다

더러는 옷도 잘 못 입으시고 먹여 드려야 하고
늘 보살펴야 일상이 이루어지기도 한다

아기가 순수한 모습으로 태어났듯이
돌아갈 때도 깨끗하게 머리를 비우고
돌아갈 준비를 하기 위함인가보다

이제는 사랑 안 해

남자들이 다정하게 말을 걸고
맑은 눈으로 바라보면
금방 마음이 설레는 내 모습

혹시 나를 좋아하나 하는 듯한
마음이 들어 나도 마음을 다해 좋아하면
어느 틈엔가 저만큼
멀어져 있는 사람들

휠체어에 탄 나의 모습에 선한 마음으로
도움을 주려는 모습을 사랑으로 착각하는
나의 마음 바보 같다

이제는 절대로 사랑하지 않으리라

단순한 하루

아침에 눈을 떠 간단히 씻고 밥을 먹는다
그리고 하모니카 연습과 공부를 조금하면
점심시간

날이 맑으면 하늘 한번 쳐다보고
비가 오면 빗소리 들으며
명상에 젖는다 저녁이 되면
식구들과 몇 마디 일상어를 나누고
TV 시청 후 잠을 청한다

내일도 오늘 같을까

하나님의 섭리

사람들은 두 발과 건강한 모습으로 할 수 있는 일들이
많으나
사람 섬에서 홀로 외롭다고 난리다

하나님은 참 공평하시다 나의 사지를 묶어 놓는 대신
즐거운 마음과 대화를 나눌 수 있는
사람들 속에서 살 수 있도록 해주셨으니까

주문을 외우자

말이 씨가 된다는 말이 있다
좋은 말보다 나쁜 말을 하였을 때
예언처럼 적중하는 말의
효력을 종종 본다

이제부터는 좋은 말만 해야지
사랑하자
감사하자
행복하자고

다섯 손가락

키 작고 통통하지만 대장인 엄지손가락
엄지손가락을 도와주는 집게손가락
키가 크고 늘씬한 가운뎃손가락
다소곳한 동생처럼 착한 약지손가락
나처럼 이쁘고 귀여운 막내 새끼손가락

크기도 다르고 하는 일도 다르지만
오밀조밀 모여 서로 협력하여
예쁜 손을 이루는 다섯 손가락

얼음공주

마음이 시베리아다 사람과 사람 사이에서 생긴 생채기로
마음이 냉냉하게 꽁꽁 얼어 버렸다

약속도 쉽게 하고 잊어버리기도 잘하고
듣기 좋은 말은 더 잘하고
그리고 나를 보면 우월한 듯 내려 본다

상관하지 말자 사람들이란 자기보다 약하다고
생각하는 즉시 육식동물처럼 변한다
이성을 외출시킨 동물같이

나를 지키자 상처도 입지 말고
아파하지도 말고 나의 마음을 닫고
묵묵히 살아가자